ラプサンスーチョンと島とねこ

原 宏之

ラプサンスーチョンと島とねこ

原　宏之

「物書きなら誰であれ一にも二にも自分自身の人生の素朴で誠実な物語を語ってほしい。他人の人生について伝え聞いたことばかりでなく、たとえば自分の肉親にはるか遠方から送り届けるような物語をだ」

（ヘンリー・D・ソロー）

『ウォールデン』 酒本雅之訳

目次

ラプサンスーチョン（あとがきにかえて）

カバー装画　杉本さなえ

ひみつのおしゃべり

Wind Beneath My Wings - Bette Midler

Danny Boy - Charlie Haden

聴きながら
思い浮かべながら……

愛猫へいくろう君の訃報

葉《は》良《ら》沐鳥《しずどり》（原宏之）

昨晩の十時二十分頃、我が家の茶トラ猫の平九郎君が永眠いたしました。

享年十五歳。来春には十六歳となるところでした。

負のかけらも見当たらない善性に包まれた存在でした。

子どもを授からなかったわたしたち夫婦の家庭にいつでも温もりと平穏を与えつづけてくれました。

十四年間一緒に暮らしてくれたこと、ただ暮らすこととはかけ離れた大きなものをいつでも多々与えてくれたことに感謝するばかりです。

稀有な善性のもち主、善き猫格、傑出した猫物でした。

昨日まで、死の当日まで、子どもの頃から使っている専用トイレに、居間から離れた場所に置いてあるのに、ヨタヨタと何度も足を運びきちんと用を足しました。

最後までわたしたちのことの方を気遣う、ふたりを心配するかのようでもありました。

死期が近づいているくたびれ果てた身体であるのに、数日前に自ら庭に出て遊びました。

食事もほどよい運動も怠らず、日々の習慣は守ったまま、認知機能は一向に弱ることなく、あまりにも立派に逝き去りました。

数年前に左頸部リンパ節の腫れが見つかり、二度の手術とかわいそうなことをさせてしまいました。原因不明、症例なし。リンパが筋肉に変化してしまう奇病と疑われておりました。[1]

腫れが急激となり、体力の衰えが見られたので、獣医師の所見もあり、もうそろそろお別れだと覚悟したのが、一昨年の秋のことでした。

その頃からわたしひとりが寝室に居るときにも、訪ねてきてよく交流し、よく話し合うようになりました。幾夜もかけて、ありがとう、さようならと別れのあいさつをし、もしも転生してしまったならば、君はビジネスマン姿かもしれないし、こちらは街を逃げ回るカエルかもしれない。偶然にもすれ違ったときにはお互いが分かるように合図を決めなけれ

1　細胞を採取するための二度めの手術で残念ながら悪性リンパ腫と診断されましたが、最初の腫れの原因はとうとう不明でした。

ばならないと、秘密の合図を取り決めてもいました。
それからすでに二年と少し。よくここまで一緒にいてくれました。

そんな状態であったのに、「まだこの子に海を見せていない」とのこちらの思いつきにも付き合ってくれて、自動車もすでに売ってしまっていたので、電車でとなった河津旅行にも元気に参加、十二歳にして初めて海を見て、海に少しだけ入りました。
ここ一か月の首の腫れは急速で、わたしはもっと一緒にいたいと欲を出したのでしょうか。自らも左頸部のリンパの腫れ（上咽頭がんからの転移）を経験して、五年生存率ゼロの末期の段階であったために、化学放射線療法もかなりきつく、郭清術も類を見ない範囲であったために、いくつかの身体の障害を抱えて生きることになりました（もちろん善き病院、優れて善意ある医師とスタッフたちであったから、わたしはこうして十五年後も生きて鳥の声を聴きチヌの刺身を食べ、文章を書いていられるのです）。治療中そのものも、生き地獄のような苦しさであるし、郭清術ともなれば生きることに苦も加わります。

そのため当初は通常治療以外のことは一切しない。平九郎君が生きていることで苦しいと思うような身体や心には絶対にしない。年齢もそれなりのものである。このように夫婦で話し合い対応を決めておりました。どのように葬るかも決めておりました。

しかし急速な腫れでいつでも食欲旺盛であった平九郎が餌を食べるにも水を飲むにも苦労している様子を見て暮らし、腫れの進み方が急速となり、すでに巨大といってよい大きさともなれば、これでは腫瘍で圧迫されてしまい呼吸ができないのではないか、思うように身体を動かせてはいないのではないかと心配してしまい、妻にお願いして点滴による化学療法を近くの獣医で行ってもらったのが先週末のことでした。

昨日は我が家にしては珍しく外に出かけました。体力づくりと健康維持のための、ある方に見習いやり始めた日課であるはずの散歩を怠っていたため、起きてみれば天気もよく、出かけよう歩こうと唐突なわたしの思いつきでした。

途中、靴が壊れました。もしかしたら、もうダメだ、早く帰ってきてくれとの平九郎からの知らせだったのかもしれません。

夕方に帰宅すると、やはり元気のない様子でした。

昨日の朝には目の力が戻ってきたような気がして少し安心していたのですが、やはり老齢に化学療法はきつかったのでしょう。いくらがんばり屋の平九郎君でも堪えたのでしょう。

仕事を簡単に済ませて居間に行くと、妻は平九郎に寄り添ってケアをしている様子でした。どうしたかと思えば、呼吸を苦しそうにしている。隣で夕食を取っている間も、大きく鼻から息を吹き出してつまりを解消しているかのようで（間近で猫の鼻の穴を見たことがないひとは、それがつま楊枝の先もとても入らない絹糸ほどの細く小さなものであることに驚くでしょう)。

平九郎は痛さに強く、我慢強い。痛くても苦しくてもめったに声を上げたり、痛い苦しい様子を見せたりしない。猫は不思議なことに、犬もですが、身体の不調にどのように対応すべきかを本能として先祖から授かっている。こちらが触ろうとすると嫌がるくらいで、自分自身でやり過ごし復調する術を身につけている。だから、苦しそうな呼吸に交じる聞いたこともない声にわたしはもっと注意すべきだったのでしょう。

平九郎と妻を居間に残して、寝室に向かい将棋盤でもいじってから寝ようと、まだ将棋盤も出さない内に、寝室前のトイレにきた妻が居間に戻った後に小走りできて、尋常ではない表情をしている。

「たいへん！　へいちゃんの呼吸がないの！」

急いで向かうと、呼吸をしていない。でも身体は温かい。意識を覚醒すべく、心臓の働きを戻すべく、素人による心臓マッサージ。

しだいに平九郎は体温を失ってゆき、冷たくなりました。

それでも冷たくなるまで十分ほど。温かい平九郎の身体を撫でて、代わる代わるに抱きしめて、最期のお別れを交わす時間を残してくれました。

いま思えば、妻の言うように平九郎はわたしたちの帰宅を待っていてくれた、わたしたちが帰ってくるまでは死ねないと、もうすでに身体は死の状態であったのに、わたしたちにお別れを言う前に息を引き取るわけにはいかないと善意と忠義の心意気だけで踏みとどまっていてくれたのかもしれません。ただただ感謝だけで、昨夜は妻とふたりでささやかなお通夜を行いました。

平九郎の最期は驚くほど和やかな表情でした。居間を去り、寝室に向かったわたしが、平九郎の心肺停止を確認するまで、わずか五分ほどの出来事でした。

クリスマスに亡くなるとは（――わたしの父はお盆の中日に他界した、お盆も回忌の法事もいつも同じ、命日とは性格により逝去する者が定めるものなのかもしれない）。

しかしながらこの子は不運であったのでもないし、わたしたちに迷惑をかけたのでもありません。

誰も信じないでしょうが、この子はわたしたちに迷惑をかけないようにこの日に去ろうと決めていたのだと思います。驚異的な体内時計と時候の周期感覚のもち主でした。

わたしはどのように平九郎を埋葬するのかについても、一昨年の秋に、加計呂麻の海を見せる約束をしたときに、秘密の合図を取り決めた数夜のなかで、相談したり、ゆっくりと告げたりとしておりました。単語レベルならことばも多少は理解できる猫でした。

身体の弱いわたしには多少負担となる作業ならば年内に済ませられるようにしてやらねばならぬ。年を越して叶うことのない期待をふたりにもたせてはならぬ。たまには年末年始を厳かに静かに過ごさせて、日頃忙しい夫婦だが自分の喪も十分に尽くしてもらいたい。そのような思いからこの日に立ち去ることにしたのだと信じております。

不謹慎だとは思いながらも、あまりにも平穏である平九郎の死に顔に、驚嘆と畏怖の念から、葬送用の姿を撮影してしまいました。

ほんとうに稀有な存在、猫物でした。

ここのところ平九郎とふたりで朝食を取るのがつねであったため、今朝は喪失感の始まりの気配となりました。

こちらが用意して一緒に食べるのでもない。こちらを待つようにしつけたのでもない。

わたしが食べ始めると、平九郎はむくりと立ち上がりゆっくりと自分の食事コーナーに向かい一緒に食べ始めるのでした。

奇妙な協調性、猫らしからぬ同調の力をもった猫物でした。

気遣いや気配りも、この子特有の猫格であったように思います。

土曜日の夜などに居間に長く家族で居るとき。

「しまった。中《ちゅう》さん[2]の傍らばかりに居てしまった、うっかりした」

そうやって今度はわたしの横にきて寝転がる。これを一時間ほどの間隔で繰り返すのです。しかも妻の方に行き寝そべるまでの間にためらうかのように、寝そべったりお座りしてからもこちらをこっそり見ている。

2　妻がつけた、平九郎はこのようにわたしたちを想像しているのではないか呼んでいるのではないかとの呼称。妻は中くらいのネコ、中さん。平九郎は小さいネコ。わたしは大《だい》さん。

「大は気を悪くしないか、おいらがいなくなって寂しくないか」

どちらかが寂しそうであったり悲しそうにしていると、必ず察知してやってくる。そして慰める。あるいは励ます。こうしたことも日常のことでした。

数年前にわたしがストレス極まり眠れぬ夜を何夜も過ごしていた頃に彼が身につけた智慧と習慣。布団に入ってもわたしがまだ寝入っていないと気づくと、はっきりと聞こえる大きな音を無理に出して、舟をこぐかのような一定のリズムで、寝息のフリである息を吸ったり吐いたりを繰り返す。しだいにこちらは波に揺られているかのように、呼吸が深くゆっくりになり、いつの間にか寝てしまっている（笑）。

我が家にやってきてから十年ほどはわたしのひとり息子、同じ時間を過ごしているのに種差があるので、その後はわたしの父。息子としても父としても誇りに思える模範でした。たくさんのことを学びました。

仕事をしながらこの追悼文を書いているため、気づけばもう十五時。家での書斎仕事のときには昼食時間の遅れの限界と定めている時間。そろそろ居間に下りて平九郎の様子でも見ようと思う。でもそこに平九郎は居ない。これは喪失感の始まりに過ぎないと分かっている。平九郎の不在の空虚はますます大きくなりわたしたちに重くのしかかろうとしているのだろう。

しかしそんなことではダメだと、平九郎が最期の瞬間まで見せてくれた立派な姿に叱咤される自分がここに居る。

だから下りて昼食を取る。食欲がなくても食べる。ひとりでの食事も、平九郎を寂しがらせないためと口実でスイッチを入れるテレビも、ひどく味気ないものだと知りながらも、下りて食べる。

床暖房のない家で、居間はかなり寒い。弱った平九郎のために妻が買ってくれた電気カーペットが、ここ数か月の平九郎の定位置だった。わたしは平九郎が寝そべっているそのカーペットの横に座り、食事を済ませる。十分ほどのことだけれども、臆病で怖がり、ひとりが嫌いな平九郎は安心した様子で、片手間のわたしの愛撫を幸福そうに受け止めてくれる。

今秋になり体力が衰えるまでは、こちらが撫でようかという前に水平に勢いよく寝返り打ってお腹を出してしまうような子だった。撫で始めると、もっととせがむかのように、自分の頭を床に打ち付けて大きな音を出しながら、何度も寝返りを繰り返す子だった。

平九郎とは、初めからさほど仲がよかったわけではない。わたしが病気になりしばらく家に居た期間に急速に接近した。元気のないわたしが横になり休息している間、平九郎はたいてい足元に居た。冬には暖を取り合うかのようにいつもくっついて居た。居間で仕事をし始めても、遊び始めても、だらしなくソファに寝そべるわたしの下にいつも居た。

仲良しになってからは、一緒に近所を散歩するようになった。

近所の公園へ。
いつでもふたりの間に居た。

平九郎君が我が家にきたのは、二〇〇三年の暮れだったか、いや二〇〇四年の初春であったような気がする。一歳と推定されていた。やってきた日のことはよく覚えている。

元の飼い主さんが運転する車の助手席に行儀よく座り、ガラス窓越しに初対面。妻に引き渡されるとなんの躊躇もなく腕に抱かれるおとなしい子だった。

ここが次の家かと、どこか悟りきったように、すべて分かっているように、我が家の一員となった。

サッカー遊びが好きで、手頃な大きさのものがあればすぐにサッカー・ボールの代わりにして、得意の前脚で蹴ってはボールを追いかけてまた蹴りと長めのドリブルのようなことをしている。おかげで我が家には赤く光る玉やら壊れたおもちゃの名残である単体のねずみやら丸いものがいまでもたくさん残っている。

さっそく居間に落ち着き、ひとりで遊ぶ平九郎。どこか寂しげではあった。遊びぶりがあまりにも見事なので、うっかり声を出して笑ってしまった。すると恥ずかしくなったようで、ソファの下に隠れて出てこない。昼過ぎからその日は日が暮れるまでソファの下に潜ったまま顔を見せることはなかった。

ところが夜になり寝室でわたしたちが寝ようとしていると、音も立てずに平九郎は居間から寝室に下りてきてそっとドアを開けて、寝るのはココで一緒にでよいのかニャ？と妻の布団の隣で寝始めた。

この子は元々は野良猫だった。想像するに捨てられてしまったに違いない。とても野生生活を経たとは思えない無防備さ、鈍感さ、のろまであった。

半年と年齢が推定される頃に、心ある親切な横浜の若いご夫妻に拾われた。

餌を獲ることができずに、栄養失調で失明寸前、ふらふらというところだったらしい。それから半年弱、拾ってくれた夫妻のところで過ごした。そのお宅には先輩の犬、マルチーズ君が居た。小型犬は繊細な神経のことがある。どうしたものかと悩んでしまったのかそのマルチーズ君はなんと円形脱毛症になってしまい、困ったご夫妻が引き受け手を探していたところ、妻が写真を見て飼う！と決めた。

平九郎が猫であるのに「にゃあ」と鳴かずに、終始「ワン！」が鳴き声であったのは、まず間違いなくマルチーズ君と一緒だったからだ。十五歳で他界するまでの十四年間、わたしたちと一緒に暮らすことになったのは、このような経緯があったからだった。

誕生日も横浜で拾われた直後に診断にあたった獣医さんの推定であり、その推定を踏まえて我が家で勝手に決めたものだった。

いまわたしは二階の書斎でこの文章を書いている。

先方のある仕事だけは終えなければならないが、どうしても記憶がしっかりしている内に平九郎の思い出を書いてみたいと思った。

しばらく書斎で書いたりほかの作業をしたりとしている間に、実に冷静に、あるいは冷淡にこの文章を書いていることに気づいて驚く。

食事の支度の合間に、寝室に行ってみれば、わたしはまたそこで声を出して涙を流し嗚咽していたのである。

畳に寝そべると、視線の先には仏壇の前に置かれた棺代わりの葬送用のバスタオルの上に、まるで生きているかのようにいつもと同じ穏やかな表情の平九郎と目が合う。日常を取り戻したかのような錯覚を起こす。

よくわたしが休憩していると、平九郎が同じような顔で茶々を入れにきたからだった。しかしそこにある平九郎はすでに死んでいる。生きていない。それなのに生きているかのような錯覚を起こす。昨日の晩も睡眠中に平九郎の声を聞いて、なんだやっぱり呼吸が止まったようにしていただけか、息を吹き返したんだと夢うつつに思う、そして朝目が覚めて手を触れれば冷たい、平九郎がもう二度とわたしの側に戻ってくることはないと自覚する。そして静かに涙が流れる。

ともかく優しい子であった。

平和主義者の模範かのようであった。

ほかの猫にフーされても、ほかの犬にワンワン鳴かれても、「え? なーに」という体で黙っている。気配りの猫でもあった。南西諸島への旅行などで獣医に預けて出かけることがあった。診察で行くこともあった。

そうするたびに、「もしもし君はどこが悪いの?」、「大丈夫だよ、すぐに君の飼い主さんは迎えにくるよ」と、周囲の犬や猫をなだめていたという。これは獣医さんや看護師さん、また妻の証言。

我が家にきた頃は、外を歩くことができなかった。

たまには外を歩かせようと連れ出しても、恐怖で腰が抜けてしまい歩けなくなってしまう。

野良猫時代にどのような怖い思いをしたのかは定かではない。通行する車をとくに怖れた。残念ながら以前の自宅は比較的交通量の多い場所だった。

しかしこの子の善い点に、学習能力と努力がある。それらの力は老いてゆくごとに増していった。

現在の仮住まいの借家には庭がある。

驚くべきことに、自分から外に出たいと言い、悠々と庭から周辺までを歩く。

こちらが夜に帰ってくれれば外へ出せと言う、朝に出かけようとすればその隙に外に出ようとする。

いま書斎に戻り急ぎのピアー・レビューの報告を送る。英国で刊行されるベルクソンの研究・入門書、昨夜読み終えたときの興奮はまったく消え去り、ただ淡々と報告文をフランス語で書く、心が疲れてしまうと脳も疲れてしまうのか前回送ったときのように英語で書こうとするけれども、小学六年生に戻ったかのように英語が一言も出てこない、非礼を承知でフランス語で書きつけて送り、ふと我に返るとサブディスプレイに平九郎がこちらを見つめる写真が画面一杯に、デスクトップ・ピクチャとは思われないリアリティをもち呼び掛けている。

つい机の前に長居し過ぎてトイレも忘れてしまうわたしを、この写真のなかから平九郎はいつも、ダメだよ、もう戻ってきて、ぼくに会いにきてと訴えるのだった。

時間が経つのを忘れて妻の帰宅にも気づかずに書斎で仕事をして居ると、いつの頃からか、下で「中さんが帰ってきたよ！」と大声でわたしを呼び、それでも居間に下りないで居ると、階段を上って書斎まできて、「おい、なにやってんだ！　中さんももう帰ってきたぞ。みんなで憩いの時間だろ」とたしなめてくれるようになった。それでも区切りが悪いときには、「ごめんね、へいちゃん。いますぐいくからね。そうだな五分」

――ことばの意味全体を理解などしているはずはないのに、この子は聞き分けよく下りてゆく。そしてわたしが一時間後にやっと居間に合流するのを待つ。

以前の家では書斎のある三階にもよく上がり、ひとり遊んだり書架の隙間で寝たりしていたようだった。しかし書斎に入ってくることは決してなかった。まだ赤ちゃんだった平九郎は書斎に入りたがりよく訪ねてきた。

たいせつな書類をダメにされてしまったり、仮眠用のふとんにうんちをしてしまったことくらいで、わたしは厳しく叱った。そのしつけともならぬやり方で叱りつけたことを、平九郎は十四年間約束事として守りつづけて書斎は入ってはならないものと覚えたのだろう。猫だから「書斎」などという抽象的なシンボルや概念はない。「あの部屋」があるだけである。だから家が代わったことにより、入っていけない「あの部屋」はなくなった。いまわたしが書斎と呼んでいる部屋であり空間は平九郎にとっては「あの部屋」ではない。だから元気な頃には遊びにきてくれた。

叱ったわたしの方が未熟であった。

つまらないことで怒らずに、平九郎と長い時間を過ごすことの方がよほどたいせつであった。

当時は、よくつぎからつぎへと本に挿した付箋を噛みもぎ取られた。付箋などという概念は猫にはない。ただきらきらとカラフルなものがあるだけだ。付箋などいくらだって抜き取ってよい。よかった。君が楽しいならばいくらでも。

ひとりで居るのは嫌いだった。ふたりでもぱっとしない。家族三人がみんな揃って居るのが好きだった。三年前、不調となりその後衰えて居間ではほとんど寝ているばかりとなってからも、わたしと妻が楽しそうに団欒していると、満足して自分も幸福であるかのような様子であった。

全員が一緒であることを好んだ。

わたしは生まれながらに、無駄に物事を多々考える傾向にあり脳が休まらず、そのために神経が高ぶり、目の前のより幸せな時間を忘れがちになる。そうしたときには、どうしたわけか「やりすぎだ」とタイミングよく平九郎が現れて、全身から溢れる「ほどほどにしようよ」という物質により、わたしを我に返らせてくれた。これからは自分自身の力でけじめをつける生活をしなければならない。

なによりも優しい子でした。

文字通り「虫一匹も殺さない」まま去りました。

一度だけ、十歳を少し超えたあたりであったか、万事のんびり屋の平九郎は、テレビを観ることを中年期も過ぎてやっと覚えたのでしたが、その頃になんの虫であったか、小さな羽虫に攻撃をしたことがありました。

子どもの頃、画面上を飛ぶ鳥に猫パンチをしてみたり、浴室の鏡に映った自分の姿にも同じく猫パンチをして、旋回して走って逃げたこともありましたものの、実際に他の生きものに猫パンチをあてたことは一度もありませんでした。

テレビ画面で起きていることは、テレビ画面の中に実際の人や生きもの、山や海があり動いているのではない。どういうわけか、どこかのものがここに映されていると覚えたのでした。

その頃に、園子温監督『ラブ&ピース』をわたしと妻でＤＶＤで鑑賞していたら、気づけばタワーの上から平九郎も夢中になり観ているのでした。興奮するわけでもなく、静かに淡々と物語の展開を期待しながらのめり込んでいる様子でした。

猫です。集中して観ていても、なかなかテレビ画面の動きを理解するのは難しい。そんななか、なにか虫が執拗にタワー上の平九郎の周りを飛んでいることには気づいていました。いざ映画が終わった途端、平九郎はすごい勢いで虫に飛びかかり「おい、おいらが楽しく鑑賞しているのに、気が散るんだよ！　お前だけは許さない」とでも言わんばかりに、タワーと書棚の上を行ったりきたり虫にパンチを繰り出すこと数十回。結局、虫は逃げ去りました。

　残念ながら運動能力には長けていませんでした。それでも若い頃はかなりの年齢まで遊んで、こちらを楽しませてくれました。

虫のやつめ！

物語性のあるテレビ番組を平九郎が集中して観たのは先にも後にもこのときだけです。

ほかにお気に入りのテレビ番組は岩合光昭さんの「世界ネコ歩き」でした。テレビ・リテラシー（テレビ文法、鑑賞法）を覚えてからはすぐに、出てくる猫たち、それぞれに模様も声も違う猫たちに釘付けでした。台所の方にいても、番組の主題歌が始まると、テレビ画面の前にピタリと貼り付いて四本足で正座したまま観ている。咳でもしようものなら、キッと睨まれるありさまでした。声でしょうね。匂いは伝わらないのに、お気に入りの猫ちゃんとそうでもない猫ちゃんがあったようでした。

ああついにこのときがきたと、わたしと妻は考えました。

子どもの頃から、わたしや妻と同じ生物と思い、たまになにかおかしいと気づくこともありながらも、やはり同じだと思い生活してきました。それがついに猫としての自覚をもち、おいらは画面のなかのあちら側だと、猫のアイデンティティを確立してしまったのか、と。

しかしそんな時期も数か月で過ぎて、岩合さんの優しい〈声〉は好きだったようで、番組そのものはかければ観ましたけれども、猫には興味をもたなくなりました。

そのうちにテレビを観ることそれ自体に興味を失ったようで、自然と観なくなりました。目にも負担がかかるし、それはよいことです。

きれいで静かな音楽が好きでした。

カザルスやグールドの演奏する、バッハや現代音楽（ポスト・クラシカル）。ロックやhip-hopがかかると「うるさい！」と怒られました。

この子はなにごとにも執着しませんでした。

食べものに関しても、いつもと同じ乾きものだけ。お腹が空くと餌をねだったものですが、それでも乾きものを満杯にあげれば満足した様子で食べていました。

草食動物であるかのように、猫草とプチトマトは例外的に好物でした。それ以外は我々人間が食べているものを欲しがったり、ねだることもありませんでした。

草花が好きでした。

いまの仮住まいの庭でも旧東大家畜病院[3]のある弥生キャンパスでも、草花の匂いをひとつずつ嗅いでたまには食み歩くのがなによりも幸せであるようでした。

また体内時計の正確さにも驚かされました。

以前の家では、妻の帰宅は十九時半と決まっていました。十九時十五分頃を過ぎると平九郎はそわそわとし始めて、二十五分ともなれば玄関先で妻を待っている。多少時間がずれても、坂の下から歩

3　東京大学附属動物医療センターのこと。

いてくる靴の音で分かるようでした（このことについては、もっとずっと若い頃に犬との間で驚異的な体験を数回したのですが、平九郎のための文章なので止めにしておきます）。

また美点として、〈がんばり屋〉であったことも挙げられます。

ここ一か月の不調でさすがに寝込むようになるまで、老衰をしても工夫してタワーに登ることは諦めずに、さらに毎日一度も欠かさずタワーに登りラジオ体操のようなものをしてから爪を研ぎ、タワーの高いところから飛び降りてしばらく全力で走るという狩りの「訓練」は止めませんでした。

なにごとも怠らない子であり、怠らない、成長をつづける老猫でした。

〈我慢強い〉子でした。臆病な性格とは裏腹に痛さや苦しさには度胸よく耐えました。獣医での注射など、手を煩わせたことは一度もなく、はい注射ね、了解というようなものでした。帰宅してから気にすることもありません。

左頸部リンパ腫との闘病生活が始まりすでに三年。平九郎の我慢強さとがんばり屋を差し引いてもっと労ることもできたのかもしれません。

帰宅のたびに玄関でお帰り！と出迎えてくれるようになり十年と少し。犬でもあるまいしとからかいながらもこの出迎えが嬉しかった。

一時期ストレスが限界となり職場のキャンパスにいるとパニック障害のような症状が出てしまうことがあった。そうしたときには平九郎の出迎えが心底嬉しく、止まない動悸と呼吸困難を和らげてくれた。無垢な顔、率直にわたしがそばに居ることの喜びを表情で表してくれる存在に救済された。

向こうは向こうで猫らしい気ままさを幾分は残しながらも、極端な寂しがり屋だった。

わたしが結石で入院したときには子分全員を集めて――どうやって集めたのか母猫が仔猫を運ぶときのように口でくわえて運んだに違いないが――自分の居場所を城壁のように固めて砦としていた。

この写真を最初に見たときに、これはヤラセだと感じた。妻は冗談好きな人物で、わたしを笑わせるために演出して撮影した写真だと思った。ところがそうではなかった。実際に平九郎はわたしの不在を嘆きながら諦めて、寂しさを紛らわせていたのだった。

お昼寝姿をスケッチ。

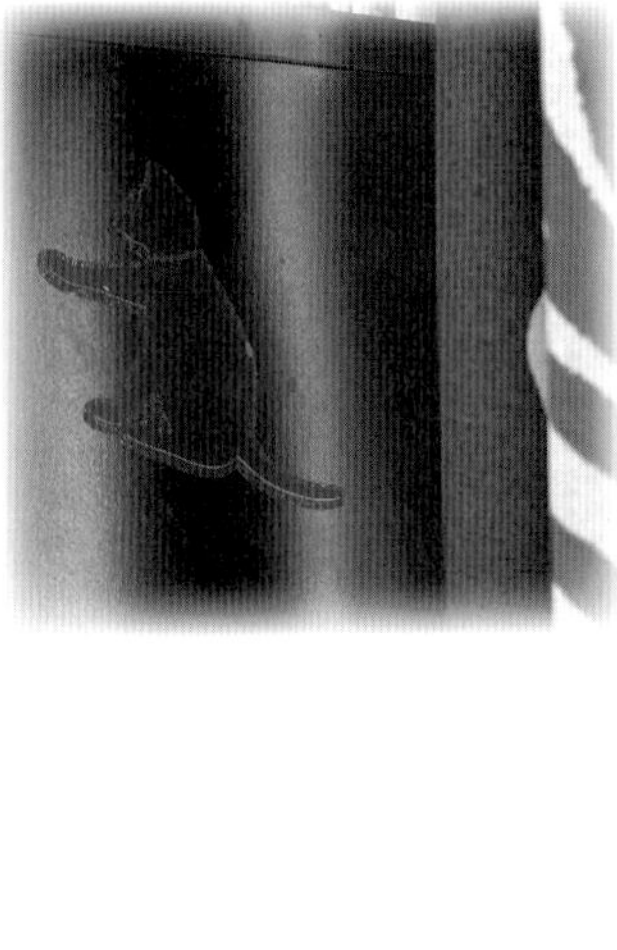

キャットタワーに登ったとき、
視線の先にお友だちがいるよう
にと、ねこちゃんのシールを。

〈みんなで一緒〉が好きだった。

いい加減に昼食を取らなければいけない、平九郎の様子も見に行かなければと気づかせてくれたのは、iMacに向かうわたしに、右側のサブディスプレイ全面に映し出される平九郎が、「いい加減にしろ！」と呼び掛けてくれていたからだった。

デスクトップ・ピクチャなどとは思われないほどリアルに平九郎そのままであるイメージは、書斎でiMacに向かっているわたしの視界の右端にいつもちらついている。この視界に残るイメージの破片がわたしにとっては「アラーム」であり、切り替えが下手なわたしを現実の生活に呼び戻して、イメージが声となるほどに神経が疲弊すると、わたしをして強制的に居間に呼び戻す役割を果たしていた。

いま書斎に戻り、この記事のつづきを書いている間も、平九郎はサブディスプレイのなかから、ディスプレイなどという枠を感じさせずに実在そのものとなり、わたしを注視してわたしに呼び掛けている。ふだんからおとなしい子であったので、実在とイメージの区別が付かなくなっているのかもしれない。それにしてもリアルな平九郎そのもののようである。しかしいまはもう居間に下りても空虚だけしかないことを分かってしまっている。

二〇一八年一二月二九日 土曜日 追記

昨日まる一日十数年来に妻とふたりきりで居間に隠り、だらだらとなにをするでもなく休養を取る。

山となり各部屋から廊下まで並べられたまま手つかずの段ボール箱から、学生時代以来のこと、畠中訳スピノザ『エチカ』の文庫本を気になり取り出す以外のことは、ほぼなにもしない一日。Affectio corporis の訳語が思い出せなかった。

朝起きて二日ぶりに布団を上げて窓を開け、ヨーガ、ブレイントレーニング、ラジオ体操、それぞれの数個をかたちだけやり、仕事に戻る。

なによりもバルテルミ氏の新著の感想を送らなければならない。ふとわたしが永らくの不在の後にパリへ行きたいとの邪心から検討していたシンポジウム、畠山直哉氏の写真集を眺めるにつけ、これはやるべきだと確信した〈人類支配 anthropique による人類新世終局〔人新世〕anthropocène〉、畠山氏よりご教示いただいたナント大学の方やシンポジウムを組織するENSの若手研究班だけではなく、すでに広くヨーロッパの哲学分野でも研究・教育活動が行われていることを改めて知る。

でもわたしは〈人類中心主義 anthropocentrism〉の問いを、「世界資本主義の夕暮れに極楽鳥は羽ばたくか?」のシリーズでわたしながらの流儀で後期近代の末路、いまここにある出口なしの後期近代の終局として考え、書かなければならない。でもそれはまだずっと後のことだ。急いではいけない。まずは本筋の研究で論文を書きつづけることが先決だ。

ところが、書斎に上がってきてiMacに向き合った瞬間に、書くべきはバルテルミ氏の近刊著についての感想であるのに、また平九郎の追悼文の余白にだらしなく平九郎と暮らした自分への追伸を書き連ねている。

庭先に出た部屋で読み直しメモもしてきた。いざ二階にきて、iMacの起動を待ち、さてと思えば右目の傍らから平九郎が見つめている。デスクトップ・ピクチャ。

ボスの席でご満悦

一番好きだった遊びはおそらくボス席取り遊び。トイレに行っている間にわたしの定位置であるソファの場所に移動している。歯磨きをしている間にわたしの寝床の真ん中で寝転んでいる。

趣味は睡眠中にボスの寝顔を見ること。わたしが寝入っている丑三つ時に枕元からわたしの顔をフーン、フーンと興奮しながらよく眺めていたらしい（わたしは当然のことながら目撃したことはない。しかし寝言でよく「へいちゃん、へいちゃん」と語りかけていたらしくもある）。慎み深く遠慮がちであったことが残念で悔やまれる。

旅行。臆病で怖がり、乗りもの嫌いなのによく旅行にも一緒に行ってくれた。みんなが一緒の思いからの気合いか。

犬ばかりのなか宿内、食事処でも、従業員にも他の客にも注目を浴びながら恥ずかしがり屋なのによく耐えた。猫なのに早く新しい場所に順応しようとがんばった。給与が不払いとなり自動車を売ってからは電車にもすぐ慣れた。

デスクトップ・ピクチャ

踊り子号

鬼怒川温泉

はじめての、うみー！

平九郎、この土地[4]もそろそろ潮時かなと中さんと話している。

目的の地に向かわなければならない、前に進むために。前に進まずどうして生きられる。君のように努力をつづけなければいけない。

こちらへきてから目が覚めるとお日様が上がり庭を眺めながら朝のひなたぼっこをするのがぼくたちの日課だった。

4　東京を離れて後、伊豆での仮住まいを経て、長年通いつづけた奄美大島の豊かな自然のなかでしっかりと健康を立て直すことが、わたしたちのたっての願いでした。

音楽をかけながら日光浴をする。

いつからか君が気配に気づいて居間からやってきては合流するようになった。老体であるのに、君は自力でがんばって机のような式台に躊躇なく上るのだったね。窓に貼り付いて、ぼくが仕事に行ってしまってからも君はしばらくそこでお日様を浴びて、蝶や鳥、草を眺めていることもあった。蝶ならよいけれども、君はまったく無防備だから足長蜂だろうと足高蜘蛛だろうと、不思議そうに見つめてじっとしているのだから、こちらはハラハラしたよ。

ネズミどころか虫一匹もついに捕獲できなかったね。

毎日爪研ぎと駆け足、猛進、狩りの練習は怠らなかったのにね。
でもそれでよいんだよきっと。君は車屋の黒じゃあない、「吾輩」でもない。

それでも君にはがんばり過ぎるところがあったから、降りるときは君は不承不承でありながらも、ぼくが抱えて静かに床に降ろした。脚をこれ以上痛めたら思うように動けなくなって楽しみがまた減ってしまうからね。

茶トラらしさが、満開。

クリスマスにはニャンタさんになって、近所のちびっ子のもとへ。

旧家畜病院（動物医療センター）がある、東大の弥生キャンパスを訪れるたび、上野先生とハチにあいさつ

そして君は晩年に、プー太郎[5]というかけがえのない親友であり子分と知己になった。

根気強く、毛繕いのやり方を見せて教える君は心の優しい猫だった。

電車に揺られて旧家畜病院に行くときも、君は片時もプー太郎と離れなかった。いつも自分の身体に触れる近くに一緒にいた。

ぬいぐるみにも生命を感じる君は素敵だ。

5　いつかのクリスマスに買い与えた、プードルの小さなぬいぐるみ

もうすぐ呼ばれますよ。

いいか、男は身だしなみが大事なんだぞ。

平九郎、ぼくはもう大丈夫だ。泣くことも君が往ってしまってから二日目でもう止めた。ますます研究をするようになった。手っ取り早く没頭できるものは、いまのところそれしかないからね。

でも君がぼくに残してくれた時間と、君がぼくの目を外に見開かせてくれたおかげで、これからは忘れかけていた趣味もひとつずつ思い出しながら楽しく健康に生きようと思う。

中さんはもう少し時間がかかるだろう。ぼくたち動物三人で楽しい時間を過ごすことをなによりもの喜びとして、なにごとも凌いできたひとだからしかたないだろう？

でも大丈夫。

君が善性に包まれた生きものだったから、きっと大丈夫だとぼくも言える。

君のような者が死後に酷い運命を辿るはずがない、そう信じて安心できる日がくるだろう。

それにしても君は天才だね。

クリスマスに逝去するなんて、それだけでも驚きなのにぼくは気づかないでいたよ。

初七日を終えたら新年だ！　喪に服し、くよくよと感傷に浸るのも年内までだ。気分一新。ほんとうに善い子だよ。配慮を怠らない。

今年の間はいいよね？

哲学のこと、科学のことを考えて浮き世を離れる時間は、ぼくを興奮させる。それでもふと君の不在を感じて刹那の間、空虚に包まれて茫然自失とすることがある。

昨日の夜はね、眠る前にスマートフォンで論文や記事を調べていた。

君が此処に居たなら、必ず邪魔しにきたはずだよね。しらんぷりしながら広げられた新聞の上を歩いたり、ノートパソコンのキーボードの上を歩いたり、もっと楽しくいこうよ！と君はよく妨げた。

不健康だからね。それでも昨夜はついそうしていた。

気になったものをプリントアウトしようと、プリントボタンを押して、「ハッ！」と我に返った。

君が居ない。十中八九居間にひとり居る。

たいへんだ、居間に置いてあるファックス兼用プリンターが始動してしまう。

君は怖がりだからね。プリンターの音は掃除機の音の次に嫌いだった。そんな君を怖がらせてしまった。すぐにプリンターを止めに行こう……。

平九郎、笑っているだろう？

ぼくは我に返っていなかったんだよ。我を忘れていた。いや君の不在も忘れて我に没していた。君はもう居ないんだ。居間にも……。

居間に居て、隙間風が寒いからと襖を閉めようとするときに、寝室に入り襖を閉めきらずに君が出入りするための隙間を空けて、ああもう必要ないんだと最後まで閉めるときに、ぼくは君がもう此処に居ないことをしみじみと感じる。

台所で飲みものをつくり、居間に運んでゆくときに、無造作に膨らんだ毛布を、うっかり君を踏まないようにと注意して過ぎた後にも……。

そもそもおとなしく静かだった君は、晩年には居るのか居ないのか分からないほどであった。

もちろん泣くことはない。悲しくなるのも数秒だ。君が此処に居ないもはや居ないと気づくだけのこと。

どうしても寂しくなったら、チャーリー・ヘイデンの奏でる「ダニー・ボーイ」を聴く。君が教えてくれたのかな。あの翌朝に偶然耳に入ってきて、なんとも言えない優しい気分に包まれたんだ。君も四ビートとベースの音色は好きだっただろう？

あれはぼくと君の一枚だ。あのアルバムはイイ。

民衆音楽をやっているからダメだとかいうエンスーは放っておけばよいよ。ジャズの成り立ちを分かっていないんだ。冒頭の曲に込められた魂が君ならよく分かるだろう？

それ以来、寂しくなればチャーリー・ヘイデンの「ダニー・ボーイ」を繰り返しそれだけをかけて聴く。歌詞がないというのもいいもんだね。ぼくにはこれが君の曲であるようにしか聴けないんだ。

聴いていると、君が天上のどこか、時間の流れもない処で、身体も抜け出して、だから寿命も空間もない永遠の処で、平和に幸福そうに揺られている姿が目に浮かぶ。

ぼくは人間界にある煩悩の塊だからね、君が揺りかごのようなものに仰向けになり宇宙の波の間に気もちよさそうに眼を閉じている、そんなイメージでしか思い浮かべる力がない。

ぼくもこれで目標ができた。大それたことだよ。叶わないとも分かっている。

それでも寂滅できるように、寂滅と善行が関係ないとしても、気休めになるように、修行に励む。特別なことをするわけではない、君に匹敵するほどに立派な人格をもち正しい道を歩むこと、これがぼくの修行だよ。

君と交わした秘密の合図の約束は、ぼくたちが輪廻を解脱できない、また時間のなかで空間に身体をもつ苦である生を生きることを当然視していた。そうじゃない。君はもう天上より下のどこにも居ない。だからまた逢うことができるとしたら、それはぼくが立派に生きることでしか願っても叶わないんだ、君のように立派に優しくね。

平九郎、永遠の時間に在る君とは違いぼくはまだこの生を生きなければならない。だからひとまずお別れを言うよ。

君はぼくの最高の友人、唯一無二の親友だった。君はぼくたち三生物の家族の欠かせない一員でありつづけた。

君は子どもだった。やがて同じ君がぼくの親となった。そして看取った。

最初はぼくが人生と社会生活の先輩だった。やがて同輩となり、君は追い抜いて先輩となった。

ぼくたち家族の人生を豊かなものにしてくれた。

いつでも長閑さとどんなときにも笑いとを与えつづけてくれた。

ありがとう。
ぼくたちは君と暮らせて幸福だった。

二〇一八年一二月三一日 月曜日 追記

〔後日談〕

へいくろう。ブノワたち[6]がきた、箱根で会った。十国峠でとても悧巧なハリア・ハウンドに逢った。犬は懐っこいね。ねこの博物館にやっと行った。君の先祖たちの立派さに驚嘆した。なにか可愛らしい英国からの猫ちゃんに少し撫でさせてもらった。

この日だ。ついに散歩の一万歩を達成したんだ。

八王子の大将に倣い始めたものだよね。古くは奥多摩湖のおじちゃん

6　ベルギー留学時代からの親友

先生の健脚にも畏敬の念を抱いた。でも自分とは違う、自分は無理だと思っていた。

八王子のおじちゃんに至っては二万歩計で毎日だったよね。これは異次元の世界だ。

仙台のお兄ちゃんも身体をいつも鍛えて散歩も忘れない。

ぼくは疲れたら君の横に寝そべるだけ。

切り替えができないから、散歩や食事の気力がなくなるまでエネルギーを仕事に使い果たしてしまう。

数年前、そんなぼくにも突然に自由に使ってよい時間が降ってきた。

だから散歩やらインターヴァル・ウォーキングやらやっていたよね。服装だけいっぱしのアスリートだか、変な中年男か分からない格好で出かけるぼくを、君は不思議そうな目で眺めていた。

ふつうのネコなら、わざわざ歩いて疲れるなんて阿呆かいと言うだろう？君は寂しいから行って欲しくないのが一番だったけれども、第二にぼくに無理をするなと目配せして気遣い、見守ってくれたね。

まあ、それもサボりサボり。サボりがつづくと間隔が長くなり、五反田を去り不死身のひろ（テツにはなれやしない）ことWorld Wanderer見習いとなってからは、まったくといってよいほど歩かなかった。

景色も気分しだいだ。心がけよく歩いて回れば、歩きたい、訪れたい場所はたくさん見つかる。気分がすべてだ。

気分をよくするには歩く、身体を動かす、自然や生命に触れる、これが一番だ。音楽もニコチンも一過性のものでしかない。

まあそれでねこの博物館に行き、やっとのこと一万歩を達成したわけだ。

運動することでの身体の疲れはとても快適だ。空手教室を辞めて以来のことだ。

身体が疲れると、頭も休まる。脳ばかりが疲れて、脳から身体が疲れる状態が最悪だ。帰宅後、心が晴れ晴れとして、身体は疲労で麻痺状態のようであるのに、心は元気に満ちていた。バランスだね。

その日は疲れてぐっすりと寝た。久しぶりのぐっすりだ。

やはり目覚めても気もちよい。

その日以来、ぼくには珍しいことに三夜つづけてはっきりとした夢を見た。

そうそう、へいくには報告していなかったけれども（一々報告しないでも知っているだろうけれども）、正月に中さんは茄子の初夢を見た。大さんは翌日国道で鷹を見た。そしてブノワとザカリと一緒に箱根から富士山を見た。

熊野三山詣でをしたときには、天河《てんかわ》から本宮の間で犬と仲良くなり、猿にレンタカーを襲われ、新宮への道中で立派なキジと出逢った。帰りの新幹線で桃太郎とは会えなかったなあと話していれば、車中の電光ニュースで「政界の桃太郎[7]死去」のニュースだ……。あのとき君はどうしていたんだろう。さいとう先生のところでお留守番だったかな。一緒に行けたらよかった。悪いことをした。

7　二〇〇七年五月に亡くなった松岡利勝農水大臣のこと

そう夢の話だ。

一日目の夢は説明するのも長く難しくなるとても奇妙で意味のある物語だった。

内容は君も知っているのだろうから、話さない。あれが奄美大島だ。察しが付いただろう。しつこく聞かされていたからね。宿のご主人、君が見たのは西表の竹盛さんだ。なぜかぼくはチェックアウト前になり、やっと到着したばかりの中さんも待たせたまま、宿のDVDレコーダーを修理している。家のものが壊れかけていることを心のどこかで心配していたのかな。

久しぶりに夢を見たと喜び、少し驚いていると、その次の夜も見た。たくさん見ているのかもしれないけれども、覚えているのは起床前の数分のひとつだけなんだ。自然な目覚め、レム睡眠、身体と脳の調和、よい兆しだ。眼球を動かすことはとてもたいせつだ。君は本能でよく知っているだろうが。

二日目の夢は、まっきーだ。知っているだろう、高校時代からの大さんの親友だ。

どこの居酒屋か、若い頃、まだみんなで奥さんたちも一緒に遊んでいた頃、行ったことがあったか。そういえば大野のスリック・カート場の話を散歩途中していたかな。その影響か。居酒屋のカウンター席と、白木の厚いテーブル席とを行ったりきたり。三人だ。しげきじゃない。もうひとりはなんとまっきーの奥さんだ。そしてなぜかふたりが喧嘩を止めない。なんの言い合いであったかは思い出せない。ともかく大さんはカウンターでもテーブルでも間に挟まれてどうにか丸く収めようとしている。

もちろん夢はこちらの心が一方的に投影されるわけで、夢に出てくる相手には関係ない。なんとなく考えずにいたことが、寝ている間に心（意識ということばは知らなかったね?）の切っ先に這い出てくるだけのことだ。たぶんいつも心配してくれるまっきーのことだから、心配かけているんじゃないか？　その思いが反転して都合よく自分が仲裁役となった夢だろう。

たぶん、長く仕事で、その後は東京を後にして、義理を欠いていることを気にしていたのかもしれない。最近では研究の方に夢中で、繋がっていたネット上の便りも、日常のことなど書きはしない。あの三、四人やその周囲に大さんはいつも助けられてきたんだ。

さらに三日目の夢。つまり今朝方だ。

今度はなんと國分君ときた。駒場だろうか。豊中だろうか。どこかのキャンパスのなにかのパーティーか打ち上げの懇親会のようなもの。でもぼくらは屋内ではなく建物の間を歩いていた。歩きながら話して、会ってみればなにも昔と変わっていない、やはりよい男だと夢のなか安心していた。

「原さん、よかったらお茶……？」と誘ってくれたことも嬉しかった。そこで色々と知らなかった実存的な苦労を聞かせてくれた。それは知らなかった、悪いことしちゃったと言っても、昔ながらの一笑だった。空手はまだやっている？ 極真だったっけ？ と訊こうとした瞬間に目が覚めた。

夢はひとりで見るもの。それでもひとりで生きているならば、社会に生きないならば、夢に知己の人物や縁の土地が出てくることもない。へいくろう、君はよく夢を見て、実によく寝言を喋っていたけれども、長いこと散歩もしない家猫だった君がいったいなにを材料に夢を見ているのか、ぼくたちには不思議でよく話題にしていたよ。

ともかく意識にあるのでなければ夢は見ない。ぼくは精神分析の話をしているんじゃない。無意識も、前意識も、意識は意識だ。あるいは記憶という潜在的な意識だ。

だから夢のなかで意識に上る以上、ぼくはそのひとたちやその場所に「借り」があり、借りを返していない。

昨日はまっきーにショートメッセージを送ったので（あいつは大丈夫なのかい、へいくろう？）、今日はまた少しでも國分君のスピノザについて書く時間をつくるよ。

へいくろう、君は夢にまだ出てきていない。

理由として思い当たるのはふたつだけだ。

君はぼくの潜在意識となっていない、つねに意識のなかにある。言い換えれば習慣として意識にはっきりと上らなくても、意識をしなくても、意識下のようなものとしてぼくの側にいつでも居る。君自身は居ないんだ。居たらたいへん！（頼みようにも三浦の神しゃまももういない）[8]。君は居ない。君は別の世界に行った。願わくば成仏した。

あるいは、君はすでに別の世界でぼくたちを見守り、文字通りに護ってくれている。理由は分からないけれども、そうした君の思慮と工夫により、君はぼくの夢にはまだ出てきていない。思慮ではなくて愛着でも構わないんだ。それだけ愛してくれてぼくたちは幸せだよ、へいくろう。

8　奄美大島で地元の人びとに敬われていた、亡き人のことばを伝えるおばあさん

〔由来〕

平九郎、君にはなんども話したけれども、ほんとうは「平九郎」という名前は君のお母さんのものだったんだ。この名前も冗談好きな「飼い主」さんが漫画[9]から拝借したものだけれどもね。

横浜に住んでいた頃、まだ君がこれから生まれてこようかというときの話だ。ぼくたちの家の一角は猫天下だった。猫好きのひとたちが集まったんだね。飼い猫が居るのはお隣だけだったのに、どの家の前にも水やごちそうのお皿が並べられていた。ここは車も容易に入れないとこ

9　佐々木倫子『動物のお医者さん』に出てくる清原の飼い犬

ろだったので、野良猫たちには天国のような場所だった。梅、カンパチ（君の姉さんである男前の雌キジトラだ）、その弟の男爵、ほかにも梅パパやウシ、サバ、田吾作くんだのたくさんの猫が居て、ときには家のトタン屋根の上で夜を徹して果たし合いをしていたり、ガラガラ、ドタン、ゴロゴロゴロ、ニャー！ とかね、帰宅して数時間経ってから書架の隙間に男爵がいつの間にか入り込んでいて怖がって出てこられなくなっていたりね、色々なことがあった。

カンパチは、前夜に元町の翔Shoか梅蘭《ばいらん》新館に向かう途中の霧笛楼の辺りで生まれて一週間も経っていない小さな仔猫たち六匹のなかのひとりだった。気づくと翌日の午後に家の裏のスペースにきていた。大さんと中さんには不思議とこうしたことが何回かある。ぼくたちの大親友、ジェフとみきちゃんの家を訪ねたときに、猫の「みみ太郎ちゃん」が夜中にきてベッドで一緒に寝てくれた話はしたよね。

たくさんの個性とユーモアに溢れる猫たちの間でもぼくが忘れられないのはへいくろう、つまり君の母さんだ。

その子は山手に向かうあのルネッサンス文学研究の随筆家が住む坂の家の手前、ぼくたちの家の一角に入る道、朝夕にたくさんの女子高生たちに撫でられて気もちよさそうにお腹を出して背中をこすりつけていた道路、あの通学路の小径へと折れ曲がる角の家の周辺が縄張りだった。

一番温厚な猫だった。ぼくたちは角の家の若い夫婦の飼い猫だとずっと思っていたよ。だって旦那さんが日曜日に庭横の駐車場で洗車をしていると、母さんへいくろうは、開けられたボンネットのエンジンの上で昼寝をしているといったありさまだったからね。ところがただの野良猫だったんだ。あの一角ではみんながみんなの猫を共同で飼っている、生きることを少し助ける代わりに、猫たちと戯れる喜びを頂いているという感覚が共有されていた。

君の母さんとはすぐに仲良しになった。

誰にでも親切な猫だったんだ。

その頃のぼくたちはフランス留学から帰国した直後。横浜一帯の賃貸物件にあたり、あの石川町の家を見つけたんだ。そこで君の母さんと出逢った。

当時は、横浜の弘明寺、埼玉の朝霞、文京区の白山とあちらこちらの大学へ早朝に出かけては夕刻に帰宅していた。

どこから帰ってくるにせよ、石川町駅からモータウンと老舗洋食屋との角の坂を上り、君の母さんの縄張りまであと二十メートルというところになると、坂の上方から「にゃあ、にゃあー」と高く優しい呼び声が聞こえる。そしてあと十メートルというところで君の母さんといつも出逢うんだ。ああ、お帰り、お帰り、久しぶりだにゃあとね。朝会ったばかりだというのに。そうやってぼくは疲れも忘れて、角を曲がり一番奥の家に帰る。そして研究と学業をやることができたんだ。

君はね、そのお母さんへいくろうに、模様も体形もそっくりなんだよ。だから平九郎という名前をつけた。繰り返し聴かされて嫌だろうけれどもね。性格も顔立ちや眼もよく似ていた。君は男だったから大きさはずいぶんと違う。君は大きかった。

君が食べものを獲れずに雑草だけで野良暮らしをしながら死にかけていたときに、優しい夫妻に救ってもらったのは保土ケ谷と人間が呼んでいる場所でね、その保土ケ谷はぼくたちの暮らした横浜の中区から近くはないけれども、猫が一週間以上をかければ歩けない距離ではない。

だからぼくたちは、君は母さんへいくろうの子どもとして生まれ、その後彷徨って保土ケ谷まで行った、あの母さん猫の子どもだから平九郎という、誰も信じないし、ぼくたちだってなんの確証ももたない想像のなかで名づけられたんだ。

二〇一九年一月一七日 記す（未完、未定稿）

離島での一期一会はなおもアニマに滞ること久しきもの

原　宏之

二〇〇一年の夏、パリ留学を終えた直後に、宮古島合宿に参加した。いま思えばその時の体験が、後の南西諸島での一連の摩訶不思議の縁起のようである。

人頭税石や御嶽《うたき》を巡った後、岡本恵昭住職のご紹介で、わたしたちは平良の外れの瀟洒な白壁の邸宅に朝岡ヨシノ夫人（旧姓島尻）を訪ねた。上品で物腰柔らかな朝岡さんは、呼び鈴を鳴らすと、うきうきと純真な笑顔で、少しテンションが高いご様子で、一行を招き入れてくださった。

広々と開放された畳敷きの部屋という部屋がごくわずかな箪笥類を残して見事に整理されていた。居間の大きな玉案には、地元の高級菓子、黒糖の銘菓、煎餅、そして氷が入れられてよく冷えた麦茶のグラスが秩序だって並べられていた。

大神島のご出身で、ジェット機で気軽に宮古・八重山に行けるようになる前のさまざまな歴史＝物語を、ひとつひとつのことばを確認するように、控えめな細くもはっきりした美しい声で、ゆっくりと一定の抑揚で波のように、わたしたちに語ってくださった。なかでも忘れられない語がある。大神島はいまではたぶん人口四十名ほど。神々《ウヤガン》が住むこの島は宮古群島のなかでも、小さいながらも格別の存在だ。小さな港に着いて正面の狭い舗装道路を左右に点在する赤煉瓦の住居を眺めながら登り、途中に島で一軒の肉や野菜を売る購買組合を通り、登り切ると遠見台に辿り着く。北東の東シナ海が見渡せる。この小径は、わたしたちよそ者が進むことを許されている方角は左だけだと示す目印で、東西の秘密は深い森に覆われてきた。一本の細い道が、島を東西に分け、道の左手は風葬が行われる死者の国、右手は祭祀のための神の国、わたしたちは神の国には決して足を踏み入れてはならない。そこでの儀式も、宮古島人であっても他言無用である。

ところで、わたしたち都会に暮らす者は、学校が近くにあってあたりまえだと思いこんでしまう。離島のひとにとっては、中学進学や高校進学が家族と別れて学校のある本島や大和で暮らす節目の時となる。まだ思春期にも達しない乙女であった朝岡さんも、大神島の家族を離れて宮古島本島に渡った。純真な少女は、夜な夜な浜辺から大神島を眺めてはお母さんに会いたいと涙した。ぼんやりと見える大神島への距離よりも、少女の想いは強かった。お母さんに会う、それだけのためにある夕暮れに、意を決して大神島目指して海に入る。泳ぎつづけて、一キロ、二キロというところで力尽きて溺れているところを、偶然通りかかった配達帰りの郵便局員が舟に乗せて助けた。朝岡さんが語る物語＝歴史は記録よりもずっと克明に、わたしたちの心に残っている。総勢十名ほどの社会人、大学院生や学部生の一行が、そろそろおいとまを……といいかけると、黒地に控えめな紅い花の柄がついた漆器を開けて、まだお菓子もあるし、台所にいっては果物もあるしと、楽しそうに装っていたけれども、やはりさよならの時だと諦めると、静かに音を立てずに涙を流して、もっと居て欲しいという気もちを隠しはしなかった。純粋というのはこういう貴婦人のことをいうのだろう。朝岡さんの心は海を泳いだ少女の時のまま、心だけが肉体と別に時間を止めたかのようであった。

老婦人は、わたしからの年賀状を毎年楽しみにしてくれた。そうして年に一回の遠隔の交流をつづけるなか、糸満市の老人ホームに入ったという知らせに、わたしはショックを受けた。あの可憐でひとに苦しみを見せない強い少女の心をもった婦人が、寂しさで行間が埋められたようなお返事を、施設に入ってからも必ず自筆でくださっていたものの、年々字が大きく、ゆがみ、ことば少なくなってゆく、客人を迎える喜びに饒舌の限りを尽くして歓待してくださったあの面影はしだいに見られなくなっていった。そしてわたしは多忙を言い訳に、お見舞いにゆくこともせず、ついに突然お返事は来なくなった。

二〇〇四年の夏になり、宗教学者の阿満利麿《あまとしまろ》から一行のリーダーに伝えられた宮古島の世界を、今度はわたしが若い者に伝承する番だと、二つの大学でやっていたゼミを合同合宿にして宮古島を再訪した。連絡舟で、おばあたちの「なんもねえよ、なんもねえよ」とやまとんちゅを警戒する声を聴きながら懐かしんでいた。ところが大神港に着いてみれば、すぐ右手に立派な芝生のいかにもモダンで人工的な広場ができている。驚きを隠しつつ遠見台に向かうと、道路の左右の森に本土から来た人間が分け入ったらしき形跡が散見される。遠見台に急登する深山路には、滑らないよう木製の階段がつけられ、手すりまであった。たった三年間。

朝岡夫人と別れた翌日、八雲が低く影落とす大神島に渡り、静寂と闇の夜、黒空を埋め尽くす星々に観た非現実的な感覚、真っ暗な海に屹立する奇岩《ノッチ》の隙間から聴こえる波の音に感じた悠久の時間、それら神秘的な面影が薄れ、陽気な観光地のようではないかと、空恐ろしい気がした。

それでも島の人々が強いられている苦しい生活を考えれば、東京で暮らすわたしが勝手な注文などつけられない。北ではアイヌ民族集落《コタン》がスペクタクル・ショーとなり、南では御嶽がデート・スポットになっている。わたしたちに彼の人々を批判する資格はない。自己自身より尊いであろう存在を見世物として晒すことでしか生きられない環境をつくってきたのが、わたしたちなのだから。

二匹の猫

管啓次郎

二匹の猫

きみは気づいただろうか
猫たちはときどき入れ替わっている
ぼくはあるときそれを目撃した
といっても目がそれを見たのかというと
あまり自信がもてない
月明かりもない夜、近所のしずかな住宅地の
公園の深夜だった

何度か見かけたことのある虎模様の猫が
鯖色からオレンジ色に変わったのだ
目にはどうもそんなふうに見えた
そんなふうに知覚したのだ
ぼくはちょうど旅に出るところだったので
軽食代わりに携帯していた干し鰯を出して
オレンジ色の猫にさしだしてみた
「食べる?　うまいよ」
猫は大胆に近づいてきて
しゃがんで鰯の尾をつまむぼくの至近距離から

鰯の頭をくわえて受けとった
いわしがむすぶ5センチの種間距離
猫は少し離れ、小刻みに頷くように頭を上下させて
干し鰯をおいしそうに食べた
「ああ、おいしい、ありがとう」
と猫がいったのがわかった
これも声を耳が聞いたのではないが
そのように知覚したんだったと思う
「あの、よかったらもう一匹もらえますか」
ぼくはまた鰯をあげ

猫が食べ終えるのを待って歩き出した
これから遠くまで行く
冒険だ
すると猫がついてきて
いつまでも一緒に歩いてくる
どうするの？　一緒に行く？
「行けるところまではね」と猫が答えた
だったらきみは相棒だ、名前は何？
「猫ですから名前はありませんよ
適当につけてくだされ」

きみはオレンジ色の虎毛だから
ナランハでもいいな、スペイン語のオレンジ
「いいけど、それはナランていう感じ、しない？」
だったらラランジャかな、ポルトガル語で
「いいね、かわいいし、ちょっと強そうでござる」
こうしてラランジャはぼくの道連れになった

その先の冒険については『ラランジャの冒険』に書きました
ここでは冒険にはふれない
ここでいいたいのは猫について発見したことです

猫はいつも二匹いるのだ、たとえ一匹でも
ラランジャの場合、オレンジ色の彼の影に
鯖虎がいる、影に住んでいる
そしてときどき入れ替わる
入れ替わるたびに人間は欺かれて
入れ替わる直前の色を瞬時に忘れてしまう
それでたとえばポンズという自分の猫が
ずっとおなじポンズでいると思うが
それは違うんだよね
ぼくの仮説では猫は「みねこたまねこ」というか

身の猫と魂の猫が一体となって現象し
外見において両者がくるくる入れ替わっているのだ
だから色もしばしば変わっているのだが
人間がうかつで気づかないだけ
色にはかかわらずその猫はいつも猫そのもので
猫という体を充満させ
途切れ目なく体の輪郭を維持している
そしてときどき魂を露出させる
そしてその魂は途方もないことを知っているのだ
ラランジャは昆虫の擬態の起源を考えた

ラランジャはさえずる鳥の歌のレパートリーを検討した
ラランジャは北半球の星を見て方角を判断した
ラランジャはララングというラカンの用語も知っていた（これは冗談）
ラランジャにとっては思考も冒険なので
ここで日向ぼっこしているラランジャの影に
あちこち探検し仔細に検討するラランジャがいる
そんなふうにしてラランジャは世界を発見している
そんなラランジャを幸運にもぼくは発見した
こうして魂の猫とぼくは永遠に冒険する

ラプサンスーチョン（あとがきにかえて）

原宏之は、若き日の一九世紀フランスとの出会いを出発点とし、現代思想、哲学、メディア思想、日本語と日本社会、そして最晩年には〈人新世〉の語に象徴される後期近代の諸問題まで、多岐にわたり尽きることのない学究心に突き動かされるように、生を駆け抜けた学者です。

一作目の「愛猫へいくろう君の訃報」は、二〇一八年のクリスマスの夜、十四年間家族としてともに過ごした最愛の茶トラねこ平九郎が息を引き取った直後に、原が自身のブログ「教養の道」（現在メンテナンス中）に葉良沐鳥《はらしずどり》の名[10]で綴った追悼文に、写真とわずかな注を補ったものです。

　家族や近しい友人に対しては殊のほか愛情深い伴侶でしたが、長年仕事で昼間ほとんど留守にしていたわたしは、「大さん」とへいちゃんの慈しみに溢れたこまやかな交流を、この壊れそうな文章によってつぶさに知ることになるのでした。

　二〇二一年の夏、原が他界してから、彼の本業とは違った普段着の優しさを何かの形で残せたらとの漠然とした思いを温めていました。読んで下さる方が、ご自身の愛するわんちゃんやねこちゃん、その他の動

10　原宏之が親しみやすい書きもののために名乗ったペンネーム。その名で書かれたエッセイに、日本と日本文化を論じた『空虚の帝国』（二〇二一年九月、書肆水月）がある。

物さん――すでにお空へと渡った子も多くいらっしゃることでしょう――うちの子の愛おしさをあらためてかみしめて下さるようなものが作れたら、と。

そんな折、偶然目に留まったのが、杉本さなえさんのイラストでした。おどけたような可愛らしい丸顔のねこさんと軽やかに戯れるひと。ああ、これは大さんとへいちゃんだ。優しくも切ない作品世界にぐっと心を掴まれてしまいました。大きなお仕事を数多く手がけていらっしゃる杉本さんにおそるおそるお願いをしたためたところ、快くお返事をいただきまして、この美しい装画の本を作ろう、と刊行を決めました。この場を借りて、杉本さんに心からお礼を申し上げたいと思います。

「平九郎、ぼくはもう大丈夫だ」と勇ましく告げた原ですが、ちっとも大丈夫ではありませんでした。どこまでも、いくらかの時間を経ても消化できずにいた喪の悲しみ、ねこに対する独特の感性は、愛おしさに溢れた文章のそこかしこに表れています。

平九郎亡き後半年ほどして、わたしがねこのいない毎日に耐えられずほぼ独断で連れ帰った、今度はキジトラ模様の剣之助《けんのすけ》との暮らしが始まりました。

まだ子ねこの剣之助がある日高等学校ラグビー選手権のテレビ画面にかぶりつきになり、ボールに飛びつこうと懸命に伸び上がっているのを見た原は、「仲間に入りたいのに剣にはパスが回ってこないね。かわいそうだ」、「ジャンプを練習してラグビーの名門校に入ろうね」と幼い剣に真顔で語りかけ、おもちゃを持ち出して相手を始めました。そんな大さんが大好きで、仕事部屋から居間に姿を見せるたび大急ぎでおもちゃをくわえ足元に絡みついておねだりする剣に、忙しい日も、晩年体調がすぐれない時にも、可愛くて断れないよと笑い、必ずひもを振ってあげていました。

タイトルにあるラプサンスーチョンとは、松の薪で燻した古いお茶です。原の気に入りのパイプの葉、ラタキアに香りが似ているからと或る編集者の方が下さったもので、以来休み時間に熱いお茶を淹れては、お菓子を用意して楽しみました。時には将棋盤を挟み、傍らにはねこ息子がのんびりとお相伴。お盆の上には一人前にねこのおやつも。ラプサンスーチョンはそんな三匹の幸せなひとときを呼び起こしてくれます。

「離島での一期一会はなおもアニマに滞ること久しきもの」は、『文學界』二〇一二年七月号に収められたエッセイです。この作品については、一昨年行われた原宏之とその仕事を振り返るシンポジウムの中で、『文學界』編集長の丹羽健介さんがご紹介下さった際のお言葉を、以下、ご本人の了承を得て引用させていただきます。

背が高く、服装がダンディで、おだやかにパイプをくゆらす様子から、現代の人ではないような、バガボンドと言うか、どこか別の時代から来た「旅人」のような雰囲気を感じておりました。原さんがもういないと言われても信じられなくて、今もどこかへ旅に出かけているんじゃないかという気がしています。

今日の会へのお誘いをいただいて、『文學界』に原さんが書かれたエッセイを読み返してみました。

内容は、原さんが二〇〇一年に宮古島を訪ねた時のことで、宮古島のふるい歴史を知る、朝岡ヨシノさんという老婦人に会った話です。読み返して、当時とは違う感慨がせまってくる箇所がありました。この老婦人の話をひとしきり聞いてから、原さんたちが帰ります、というところです。

「総勢十名ほどの社会人、大学院生や学部生の一行が、そろそろおいとまを……といいかけると、黒地に控えめな紅い花の柄がついた漆器を開けて、まだお菓子もあるし、台所にいっては果物もあるしと、楽しそうに装っていたけれども、やはりさよならの時だと諦めると、静かに音を立てずに涙を流して、もっと居て欲しいという気もちを隠しはしなかった。純粋というのはこういう貴婦人のことをいうのだろう。朝岡さんの心は海を泳いだ少女の時のまま、心だけが肉体と別に時間を止めたかのようであった」

別れのせつなさが伝わってくる、美しい文章です。あらためて読んで、お別れということをいつも身近に感じていた人にしか書けない文章だと思いました。この文章を読むと、会ったこともない老婦人のことが懐かしく思われてくるのが不思議です。原さんもこの方に一度しか会っていないのです。老婦人の純粋さとともに、それを受け止める原さんの純粋さがあらわれていると思います。

この文章の中でみんなとお別れをする老婦人の気持ちはきっと、原さんが、ここから別の世界へ旅立たれた時の気持ちに近かったのではないでしょうか。そして、私たちの原さんに対するさよならの気持ちも、ここに書かれているように感じました。

私たちはみんな、おそかれ早かれ、いずれ地上からお別れをする時がくるのですが、ここにいなくても、その人のことを考えたり、話したり、その人の文章を読んだりするかぎり、またその人と会えるということを、原さんから教えていただいたと思います。原さん、どうもありがとうございました。また会いましょう。

いくつものご縁をつないだ本作りのなか、原が敬愛してやまなかった詩人の管啓次郎さんが素晴らしい詩を書き下ろして下さったこと。思いがけない贈りものに、言葉に尽くせぬ思いを抱いています。原が急逝してすぐよりその早い旅立ちを心から悼んで下さいました。ご自身も大変な動物好きでいらっしゃり、生命あるものを、自然を作品のなかでこよなく称えてこられた管さんほど、この本に一文をお寄せいただけたらと思える方はありませんでした。

また、小社の心許ない仕事に次々と助け舟を出して下さった、精興社制作室の小山成一さんにも厚くお礼を申し上げます。

この小さな本を手にして下さった皆さまと、愛する存在が、優しさに包まれますように。

二〇二三年二月二二日（ねこのよき日）

書肆水月　原千雅子

原宏之（はら ひろゆき）
作家、哲学者。元ポンピドゥー・センター付属研究所客員研究員。
『バブル文化論』（慶應義塾大学出版会）、『世直し教養論』（筑摩書房）など著書多数。葉良沐鳥（はらしずどり）の筆名で随筆や文芸批評も行う。
旅、山と海と川、霊峰、野球、生きもの、ねこやイヌや山羊をこよなく愛し、音楽と映画、読書を趣味とした。

管啓次郎（すが けいじろう）
詩人、明治大学理工学部教授（批評理論）。詩集に『犬探し／犬のパピルス』『Paradise Temple』（いずれもTombac）ほか。旅行記『斜線の旅』（インスクリプト）にて読売文学賞受賞。グリッサン『第四世紀』（インスクリプト）、パティ・スミス『M トレイン』（河出書房新社）など訳書多数。

ラプサンスーチョンと島とねこ

2023年3月3日 初版第1刷発行

著　者　原 宏之
特別寄稿　管 啓次郎

発行所　書肆水月
329-1334 栃木県さくら市押上 1043
TEL. 050-3503-7136
http://www.cultura-animi.com

装　画　杉本さなえ

装　幀　グレース・ミル
印刷・製本　株式会社 精興社

ISBN 978-4-9911402-2-8 C0095